마산포에서

님께

설익은 글이오나
아껴주길 바라며 드립니다.

200 년   월   일

송홍만 제8시집

구름이 가는 건가

한누리
미디어

송홍만 제8시집

구름이 가는 건가

"내게 줄로 재어준 구역(區域)은 아름다운 곳에 있음이여 나의 기업(基業)이 실(實)로 아름답도다."(시편 16편 6절)

하나님께서 저에게 시(詩)를 쓰는 구역(區域)을 주시여 감사(感謝)한 마음으로 한 해가 저물고 있습니다.

시(詩)는 절(寺)에서 쓰는 말(言)이란 뜻을 지녀 깨달음이나 깊은 생각(生覺)을 압축(壓縮)한 가락(歌樂)으로 표(表)한 것이라고도 합니다.

시경(詩經)에 이런 시(詩)가 있습니다. "귀뚜라미 울음소리 듣자니, 또 한 해 가는구나, 지금 내가 즐기지 아니 하면, 세월(歲月)은 금방(今方) 가버리겠지"(蟋蟀在堂 歲聿其莫 今我不樂 日月其除)

공자(孔子)님은 "시(詩)로써 감흥(感興)을 일으키고, 예(禮)로써 행동규준(行動規準)을 세우고, 음악(音樂)으로써 성정(性情)을 완성(完成)시킨다"라고 말씀하셨습니다.

"시(詩)는 시인(詩人)의 진지(眞摯)하고 진솔(眞率)한 마음의 언어(言語)이며, 민족어(民族語) 민족혼(民族魂)을 지피는 불씨이고, 시인은 이를 지키는 겨레의 불침번(不寢番)이다. 시인(詩人)이 자기(自己) 서재(書齋)에 불을 켤 때가 바로 조국(祖國)과 민족(民族)을 지키는 시간(時間)이다. (장백일 교수)

한 해 동안 모은 시를 제8집으로 엮어 주신 한누리미디어 김재엽(金載燁) 사장님께 깊은 감사를 드립니다.

2004. 12. 1

宋 弘 萬

| 차례 |

| 차례 |

제3부 | 전화 성묘

| 차례 |

제4부 | 취중에 하는 전도

| 차례 |

제 1 부
첫 눈 오는 날

수원 팔달산

걷고 싶으면

걷고 싶으면
광교산(光敎山)을 오른다.

하늘 끝 자락이
솟아 오른 봉우리로 이어진다.

마음 속 파란 호수(湖水) 속으로
곱고 미운 사연 사라진다.

광교산

산은 홀로 다녀야 한다.
스쳐 가는 사람
마주치는 사람
내게는 상관이 없다.

앙상한 겨울나무 가지에
맑은 호수가 걸려 있다.

맑고 바른 마음 그리워
누워 목놓아 우러러 본다.

걷고 싶으면
광교산을 오른다.

눈을 맞으며

눈을 맞으며
산을 오른다.

잿빛 하늘에서
까뭇까뭇한 점점

푸른 소나무 위에
갈색 마른 풀 위에
앙상한 나무 가지에
하얗게 내려앉는다.

눈 맞으며 걷고 싶어
집을 나오면
벌써 어린 시절로 빠져든다.

산토끼 꿩을
찾아 추위도 잊었고
어둔 밤을 환히 걸어
오가던 눈길
따라오는 발자국 소리에
머리카락이

주뼛주뼛하기도 했지

오늘 눈을 맞으며 걸으니
지나간 일들이 발자국으로 남는다.

외로우면

외로우면 산(山)을 오르라

부모(父母) 없는 어린 아이(孤)와
처자(妻子)가 없는 늙은이(獨)를
외로움(孤獨)이란다.

처자식(妻子息)이 있어도
세상물정(世上物情)이 외롭게 한다.

외로우면 산(山)을 오르라.

듬성 듬성 푸른 소나무
앙상한 겨울나무
그 사이로
속옷 같은 하얀 눈을 밟으며
산(山)을 오르노라면

마음 속에 하늘과 땅이 가득찬다.
세미(細微)한 음성(音聲)이 들려온다.

호연지기(浩然之氣)라 했던가

하늘과 땅에 가득한 바른 기운(氣運)
한 점 부끄러움이 없는
떳떳한 모습을 보아라.

외로우면 산(山)을 오르라

꿈속에라도 외롭지 않구나

동창회(同窓會)

초등학교(初等學校) 동창회(同窓會)에는
꼭 가고 싶다.

너와 내가 하나였던 시절(時節)
가자면 어디든지 가고
오자면 언제든지 오던
너를 보고 싶기에.

지나온 길이 서로 달라도
그 때의 이야기로
눈에도 귀에도
그리고 얼굴에도 가슴 속까지
너와 나는 하나가 된다.

중(中) 고등학교(高等學校) 동창회(同窓會)

사내는 남자(男子)가 되고
계집애는 여자(女子)가 되었기에

어린 노루 눈에 흐르는
그런 순박(淳朴)함이 없었기에

아직도 내어보이지 못하는
숨김이 있기에

초등학교(初等學校) 동창(同窓)과는 다르다.

초등학교(初等學校) 동창회(同窓會)에는
꼭 가고 싶다.

가장 작은 왕국

왕과 왕후만 있는
가장 작은 나라
아름답고 큰 나라

어느 곳에나 국경이 없고
어느 때에나 멈춤이 없는
아름답고 좋은 나라

가려는 곳에 벌써 이르고
하려는 말을 이미 아니
아름답고 조용한 나라

왕과 왕후만 있어도
이어질 왕세자 없어도
아름답고 영원한 나라

나는 살아났다

나는 죽었다
그 때에

어, 어, 어!
세 마디 뿐

몸집에서 튀어나오니
마음 뿐

세상에선
얼마 못가 잊어질 뿐

도봉산 자운봉

나에겐 되돌릴 수 없을 뿐

나는 살아났다
그 때에 거기서

아니 울리라

눈물 감추고 울자니
더욱 슬프다.

기억 숨기고 살자니
더욱 그립다.

이제는
아니 울리라
울지 않으리라

도봉산 신선봉

보리고개

내가 넘은 보리고개는
지금도 살갗에 닿습니다.

전쟁 속 거듭되는 흉년에
멀건 죽에는 가난이 비쳤습니다.

고픈 배를 끌어안고
길가 추녀 밑에 주저앉아
자치는 밥 냄새에
힘 얻어 걸었습니다.

집에 와 텅 빈 부엌에서
냉수 한 그릇 마시고
꼴 망태기 메고 산에서
송기로 배를 채웠습니다.

바닷가 달려가 조약돌 밑에서
작은 게도 잡아 먹었습니다.

쌀보리 이삭 누런 방울이 나면
한 웅큼 훑어 비벼서

훌 훌 껍질 불어내고 먹었습니다.

그처럼 넘기 힘든 보리고개
넘어 왔기에
감사한 마음으로
밥 한 톨을 흘리지 못합니다.

로또 복권을 사며

1부터 45 사이의 숫자 중에서
여섯 개를 잘 잡으면
어마어마한 돈을 받는다.

한 장을 사는 순간
벌써 당첨이 되어
이러 이러한 쓸 곳을 찾는다.

곰곰이 생각하니
게을러지고 외로워지고 괴로워지고
지고 지고로 끝난다.

앞논에 백로 앉던 날

앞논에
백로 앉던 날
할머니는 일러주셨다.

왜 백로가
엄마 몰래
엿을 사먹었는지를 몰랐다.

땅내 맡은 벼 포기 사이를
뾰족한 부리 긴 두 다리
하얀 몸집 백로가 걷는다.

오산 임업연구소

까마귀 어두운 그림자 멀리한
순백의 몸가짐
너는 천사로다.

앞논에 백로 앉던 날
일러 주신 말씀
이제야 알 듯하다.

찔레꽃 향기 속에

새벽 산길 걷다가 친숙한 향기 속에
하얀 찔레꽃을 찾아가면
쭉 뻗은 새 순이 찔레랍니다.

보이는 대로 꺾어
초록잎과 연한 가시는 훑어 내고
씹으면 아주 옛날을 느낀답니다.

연두색 보리이삭 익어 가는 물결
나물 캐는 누님의 고운 손등
즐겁게 노래하는 종달새 노래가 들려온답니다.

아주 오랜 어린 시절이
칠십을 바라보는 나이인데도
어제같이 느껴진답니다.

그 깊은 뜻을

큰 스님 열반(涅槃)하시며 남긴 말씀 어찌 그 깊은 뜻을 깨
달을까만은.

일생동안 남녀의 무리를 속여서 하늘 넘치는 죄업(罪業) 수
미산(須彌山) 지나친다. 한 둥근 수레 바퀴 붉음을 내뱉으며
푸른 산에 걸렸도다.　　　　　　　　　　— 성철(性澈)스님

달리 할 말 없다. 정 누가 물으면 그 노장(老長) 그렇게 살
다가 그렇게 갔다고 해라.　　　　　　　　— 서암(西菴)스님

올 때도 죽음의 관문(關門)을 들어오지 않았고 갈 때도 죽
음의 관문(關門)을 벗어나지 않았네. 천지(天地)는 꿈을 꾸
는 집이니 우리 모두 꿈속의 사람임을 깨달으라.

〔來不入死關　去不出死關　天地是夢國　但惺夢中人〕
　　　　　　　　　　　　　　　　　　　— 정대(正大)스님

이 세상 저 세상 오고 감을 상관치 않으나 은혜 입은 것이
대천계(大千界) 만큼 큰데 은혜 갚은 것은 작은 시내 같음이
한스럽네

〔此世他世去來不相關　蒙恩大千界報恩恨細澗〕
　　　　　　　　　　　　　　　　　　　— 청화(淸華)스님

내가 법계(法界)를 살피니 본래 성품이 없으며 생사와 열반
또한 모양이 없도다. 내게 오고 감을 묻는다면 구름 흩어
져 붉은 해가 서쪽 하늘을 비춘다고 하리라.
〔吾觀法界本無性　生死涅槃亦無相
若人問我去來處　雲散紅日照西天〕

— 덕암(德菴)스님

운문(雲門)에 해는 긴데 이르는 사람 없고…….
〔雲門日永無人至〕

— 서옹(西翁) 스님

한 물건이 이 육신을 벗어나니 두두물물이 법신을 나투네
가고 머묾을 논하지 말라 곳곳이 나의 집이니라.
〔一物脫根塵 頭頭顯法身 莫論去與住 處處盡吾家〕

— 월하(月下) 스님

오직 모를 뿐
〔Only don’t know〕
— 숭산(崇山) 스님

알 수 없어요 알 수 없어요 임의 말씀을 알 수 없어요

눈물의 만남

헤어졌던 남북사람 반 백년 만에 만나
주고 받은 이야기가 있습니다.
기다리는 하루가 한 달 같더니,
만나 보니 하루가 백년 같았으면.
눈 감기 전에는 못 볼 줄 알았는데.
팔개월 짜리 젖먹이가 이렇게 늙다니.
눈만 남았나, 귀만 남았나, 기다리다 지쳤어.
조카는 어디 갔냐, 전쟁 때 없어져 나 혼자 살았어요.
아버지 어머니, 저 오늘 왔어요.
여보! 그동안 속절 없이 살았어요 우린 이제 어찌 합니까.
이거, 하나는 당신 주고, 하나는 내가 끼려고 가져온 거야.
처음 볼 때는 모르겠더니,
자꾸 보니 어릴 때 모습이 묻어 나온다.
기뻐서 눈물이 나고, 슬퍼서 눈물이 나고, 그런다.
잠시 다녀오겠다며 나갔다가 50년 만에 돌아온 오빠.
자전거 사러 나간 지 50년, 이제 자전거 사왔나.
100세 어머니가 70세 아들을 애기처럼 품고.
나간 아들 한 끼 거르지 않고 밥 그릇 챙겼는데.
아들이 뭔지, 어머니는 아들을 부르다 부르다 숨지셨단다.
세 살 짜리 아들 키우다 어쩔 수 없이 재혼했어요 미안해요
잘했어요 오히려 내가 미안하지.

밤새워 공부하는 아들이 안쓰러워
툇마루에 앉아 잠 못 이루시던 어머니.
듣고 또 들어봐도 흘러간 노래가사에
한 마디 보태거나 뺄 것이 있냐.
어머니! 보름달이 뜨면 쳐다볼 테니 달을 보며 같이 만나요.
떠나야 할 사람, 헤어질 수밖에 없는 사람.
남편이 잔잔한 마음에 돌을 던지고 갔어요.
만날 때 기쁨보다 헤어질 때 아픔이 더 클 줄을 알았지만
만남의 기쁨, 순간의 헤어지는 슬픔 뿐이란다.
이제, 아버지라는 울타리가 있어 얼마나 다행인지 모르겠다.
너를 만난 삼일간은 앞으로 영영 잊을 수 없을 거야.
북에 두고 온 아들이 계속 눈에 밟힌다.
주고 받은 한 마디, 한 마디, 눈물 납니다.

그냥 지나가다오

—광교산 사방땜에서

금붕어 잔등이 내어 보이는
산골짝 작은 저수지에
구름이 지나고 있다.

하얀 구름, 검은 구름이
잔잔한 물위를
꿈같이 지나간다.

내 마음을 지나는
새들아 꽃들아
그냥 지나가다오

물 속을 지나가는 구름같이
상처도 흔적도 없이
그냥 지나가다오

수련(睡蓮)을 보며

뾰족한 꽃잎 가닥 가닥에
맑고 밝은 고요가 깃들었네

물 속 진흙을 딛고
물 위에 넓은 잎 폈네

해가 뜨면 얼굴 열고
해가 지면 얼굴 닫고

그렇게 삼사일 지나고는
물 속 깊숙이 얼굴 담그네

꽃 중에 군자(君子)요
물의 여신(女神)이라네

삶이 다하면 곱게 사라지듯
사랑이 끝나면 헤집지 아니 하듯

그렇게
사라짐을 보라네

물을 보며 내 마음 가다듬고
꽃을 보니 내 마음 고와지네
(觀水洗心 觀花美心)

며느리밥풀꽃을 보며

산길 나무 아래
소리 없이 만나는 여인이 있다.

하얀 밥알 두 개를 내민 혀
하지 못할 말을 다 토하고 있다.

할 말 못하는 며느리
며느리 말이라 믿지 않는 시어머니

우리 할머니 눈물 흘리며
해마다 들려주신 이야기

나도 이제
아니 하는 너의 말을 듣는 가슴이구나

네 친정 어버이의 가슴까지도
알 듯한 가슴이구나

마음으로 맞는 가을

몸으로 느끼던 가을은
곱게 물든 상쾌한 가을이었고
낙엽 날리는 쓸쓸한 계절이었다.

이른 새벽 이슬에 흠뻑 젖으며
저녁 노을 고운 얼굴 속으로
꿈속 돌아가는 길을 걷고 싶었다.

가을에 떠나간 사람이 미워서
가을이 싫다더니
가을에 떠나가 버린 사람도 있다.

마음으로 맞는 가을은
흐트러진 옷깃을 여미며
고이 잠들 자리를 어림해 본다.

스쳐간 죄악의 반점이
흰 옷에 물들까
새벽 별빛 속에서 잠이 깬다.

민둥산 억새

구름이 가는 건가

광교산 산마루 위에 높은 철탑 아래
푹신한 풀 포기 자리하고 누우니
하얀 깃털 구름이 파란 하늘을 지난다.

구름 한 점 없는 맑은 하늘이면
내 모습 너무 부끄러워
눈 살짝 감았는데

어느 순간
철탑과 나는
걷잡을 수 없이 가고 있다.

구름이 가는 건가
달이 가는 건가
달 밝은 밤 신작로(新作路) 달음질치던 이런 시절

따라오던 달은
내가 서면
영락없이 멈추어 주었지

살아온 나날 돌아보니

세월이 흘러갔나 내가 늙은 것인가
분명 나는 지금 여기 있는데

갈 바를 몰라 헤매던 때
무엇을 따라 온 것인가
푸른 구름(青雲) 따라 온 것인가

광교산 철탑

산이 둥근 것은

산이 둥근 것은
모든 것이 묻혔기 때문인가 보다.

빛이 있으라 하신 우렁찬 말씀도
간사한 뱀의 꾀임의 소리도

내 발자국소리 멀어지면
이 소리도 묻히리라.

용맹스러운 장수의 승전가도
올곧은 선비의 충성심도

민둥산 억새

효성스런 며느리의 산나물 뜯던 소리
산골 외딴 초가집 굴뚝 뽀얀 연기
우리네 살아가는 가냘픈 입김

산이 둥근 것은
이 모든 것이 묻혀 있기 때문인가 보다.

첫 눈 오는 날

첫 눈 오는 날 세마대(洗馬臺) 오르니
검은 구름 지나가고
흰 구름이 오더이다.

나라 지킨 장수(將帥)의 지혜
보적사(寶積寺) 전해 오는 이야기
잊지 못할 일이 또 있지

함박눈이 펑펑 쏟아짐도
눈 아래 하얀 벌판이 펼쳐짐도
혼자만의 바람이겠지

거센 바람 머리 위 지나더니
정자(亭子)에는 성난 바람 잠들어
이제 내려 갈 길이 훤하네

제 2 부
큰 바위 바라보며

도봉산 신선봉

시산제(始山祭)를 올리며

오로지 이어진 세월(維歲次) 새해 첫 달
한남정맥(漢南正脈) 한 허리에
우뚝 솟은 광교산(光敎山) 기슭에서 비옵니다.
올해에도 보살펴 주시고 깨닫게 하여 주소서

호연지기(浩然之氣)라 했던가
저 넓고 큰 하늘과 땅 사이에
가득한 바른 기운을 보라.
바르고 맑으니 떳떳하고 당당하구나

아요향산거목(我要向山擧目)
"내가 산을 향하여 눈을 들리라.
나의 도움이 어디서 올꼬
나의 도움이 천지를 지으신
여호와에게서 오도다."(시 121:1-2)

강산만고주(江山萬古主) 인물백년빈(人物百年賓)
강과 산은 옛부터 주인이요 우리는 잠시 지나가는 손님
나그네로 강과 산을 보고만 지나가게 하소서

산고송하립(山高松下立) 강심사상류(江深沙上流)

산이 아무리 높아도 소나무 아래 솟아 있고
물이 아무리 깊어도 모래 위를 흐르는구나

우리 모든 교만(驕慢)과 거짓을 버리고
낮은 곳으로 조용히 지나가는 겸손(謙遜)한 마음으로
산행(山行)을 하는 한 해가 되게
도와 주옵소서

서산(瑞山) 팔봉산(八峰山) 오르며

홍천(洪川) 팔봉산(八峰山)이 아닌
서산(瑞山) 팔봉산(八峰山)을 오른다.

아직도 포개져 있는 바위 틈바구니를
개미 되어 서너 봉우리를 지난다.

바다로 둘러싸인 태안반도(泰安半島)
눈 아래 펼쳐진다.

거센 파도(波濤)를 피해
뱃길을 파던 운하(運河)의 흔적(痕迹) 역력(歷歷)하다.

조상님 깊은 지혜(智慧)
우리네 따르지 못함이 부끄럽다.

여덟 번째 봉우리는
끼어주기에 너무하다.

바위와 소나무가 어울리면
봉우리마다 이처럼 아름답구나.

서산 팔봉산

영원(永遠)한 백제(百濟)의 미소(微笑)

—서산 마애삼존불(瑞山 磨崖三尊佛)을 보며

가야산 줄기 큰 바위에
영원한 백제의 미소
아직도 그곳에 있다.

뜨거운 불심(佛心)일까
그리움 불탐일까

이른 새벽 합장(合掌)하고
한 점씩 쪼아냈을까

보고픔에 불타는 가슴
손끝 지나 새겨졌을까

가신 님, 오신 님,
그리고
오실 님의 모습이란다.

별빛 속 그 모습
달빛 속 그 모습

이리 보면 이 모습

저리 보면 저 모습

아니 보아도 그 모습
눈 안에 어린다.

조 부자 집에서

지리산(智異山) 양지 바른 마을
악양(岳陽)
섬진강(蟾津江) 숨어 흐른다.

넓은 벌 훤히 보이는 산자락에
동(東)과 서(西)
누마루 시원스러운 큰 집이다.

대나무 숲 뒤안길
큰 바위 그대로 누워 있다.

조 부자 집

어쩌다
자자손손(子子孫孫) 이어지지 아니 했을까

이어진 짐작이
토지(土地) 최참판(崔參判) 댁(宅)
이야기로 이어진다.

눈송이 매화(梅花)에 쌓이고
돌아서는 발길 무겁다.

주흘산(主屹山) 오르며

백두대간(白頭大幹) 큰 마루
하늘재 마패봉 조령산(鳥嶺山)
이어져 우뚝 솟은 산
그래서 주흘산(主屹山)

여궁폭포 돌아 오르면
독경(讀經) 소리 가득한
천년사찰(千年寺刹) 혜국사(惠國寺)
공민왕(恭愍王)의 대궐(大闕) 터
왕건(王建) 머문 어류동(御留洞)

우거진 소나무 길 지나면
시원한 샘물

웅장(雄壯)한 암릉(巖陵) 오르면
문경(聞慶) 눈 아래 펼쳐진다.

도읍(都邑) 자리를 빼앗긴 아쉬움
알 사람은 알 만하다.

부봉(副峰) 내리막 능선(稜線)에 산죽(山竹) 밭

이 골물 저 골물 어울려 물소리 커진다.

문경(聞慶) 새재길 과거(科擧)길
서울로 이어진다.

내려오는 이야기 밟히며
수많은 사람 지난다.

공작산(孔雀山) 오르며

백두대간(白頭大幹)
오대산(五臺山) 한 줄기
홍천(洪川) 땅에 우뚝 솟았다.

이름도 고운
공작산(孔雀山)
물소리 새소리 가득한 마을

노오란 애기똥 풀꽃 하얀 돌배나무 꽃
향기(香氣) 속을
그림자처럼 지난다.

공작(公爵) 마루에서
가쁜 숨을 고르고
바위 벽(壁) 돌고 오르면 정상(頂上)

멀리 내려다보이는 한 봉우리
산줄기 양 날개 벌린 공작새 모습
그래서 공작산(孔雀山)이란다.

천년(千年) 고찰(古刹)

수타사(壽陀寺) 품은 공작(孔雀)은
어느 날 뜻을 깨울까

청평사 삼층석탑(淸平寺 三層石塔)

오봉산 청평사(五峰山 淸平寺)에 가시거든
구성폭포(九聲瀑布) 위 산자락에
공주탑(公主塔)이라고 부르기도 하는
외로운 탑을 찾아보세요

찾아주는 이 없어 길고 긴 밤과 낮을 모르며
구성진 폭포(瀑布)소리 슬픈 전설 남기고
탑(塔) 몸에 흐르는 눈물 스쳐 지나간답니다.

당(唐) 태종(太宗)의 어여쁜 평양공주(平壤公主)는
형장(刑場)의 이슬로 사라진 사랑하던 소년(少年)이
못 이룬 사랑의 한(恨)
상사(相思) 뱀이 되어 공주(公主) 몸에 붙어 다녔답니다.

영험(靈驗)한 곳 묻고 물어 찾아와 이곳에서
공주의 간절한 부탁으로 뱀은 내려오고
공주님 불공(佛供)을 드리는데
뇌성벽력(雷聲霹靂)에 폭우(暴雨)가 내렸답니다.

불공(佛供)을 마치고 이곳에 오니 폭우는 그치고
뱀은 폭포(瀑布)아래 떠있어 놀라기도 하고 기쁘기도 하여 어쩔 줄 몰랐답니다.

공주님은 부처님께 공양(供養)하고
사랑하던 소년에게 감사(感謝)하여
이 탑(塔)을 쌓았답니다.

내 몸과 마음을 챙챙 감은 탐욕(貪慾)
남의 몸과 마음 달라붙어 괴롭히는 내 마음
이제는 폭포(瀑布) 아래 둥둥 떠달라 빌었답니다.

청평사(淸平寺) 영지(影池)

아무리 얕은 물이라도
아무리 탁한 물이라도
높고 아름다운 산을 품는다.

흘러가는 구름이든지
멈춰진 산이든지
물에 비쳐진 것은 아름답다.

단장(丹粧)한 부용봉(芙蓉峯),
우유색 바위, 새파란 소나무
얕은 못에 몽땅 잠겨 있다.

큰 산 한 번 품어 보지 못하고
아름다운 저녁 노을 잡아보지 못하고
가슴 열지 못한 인색(吝嗇)한 마음 부끄럽다.

철원 삼부연폭포(鐵原 三釜淵瀑布)에서

궁예(弓裔) 왕(王)
태봉(泰封) 국(國)을 세우던 무렵

도(道)를 닦던 네 마리 이무기 가운데
세 마리 용의 몸을 받아
승천(昇天)하며 남긴 솥 가마 세 개에 물이 넘쳐 흘러
삼부연폭포(三釜淵瀑布)란다.

비단을 풀어 내리듯
부드러운 물줄기
아직 멈추지 아니함은
무슨 연유(緣由)인가

배달(倍達)의 겨레
부드럽게 다스릴 요순(堯舜)을 기다리나
백마(白馬) 타고 달려올
겨드랑에 날개 돋은 애기 장수(將帥) 기다리나

겸제(謙齊)는
발걸음 멈춰 진경산수(眞景山水) 남기고
궁예(弓裔) 왕(王)은

다하여 가는 국운(國運) 서러워 소리 내어 울고
큰 산도 같이 울어 명성산(鳴聲山)이라 부르네

산(山) 그림자 진해 가는데
시(詩) 한 수(首) 못 찾아 서성이고
하얀 새 한 쌍은 들락날락 고개 갸웃거린다.

철원 삼부연폭포

도봉산(道峰山) 천축사(天竺寺) 둘러보고

바위 봉우리 아직도 도(道)를 닦고 있어
도봉산(道峰山)이라 했을까

자운봉(紫雲峰) 주봉(柱峰) 만장봉(萬丈峰)
그 중(中) 만장봉(萬丈峰) 아래
의상대사(義相大師)는 옥천암(玉泉庵)이라 이름하여 여시고
조선 태조는 중창(重創)하여 천축사(天竺寺)라 하였단다.

내 자신(自身)의 깨어 있는 순수(純粹)한 마음
내 자신(自身)의 참된 모습(貌襲)의 만남
이것이 천축(天竺)의 경지(境地)란다.

천축사(天竺寺) 좁은 뜰에서 큰 바위 한 가슴 가득
순수(純粹)하고 참된 내 모습(貌襲)을 되찾아
큰 기쁨에 몸부림친다.

큰 바위 바라보며

누가 바위는 말이 없다 했는가

도봉산(道峰山) 자운봉(紫雲峰)에 앉아
큰 바위 바라보며
일러주는 말을 듣고 있다.

맡겨진 자리 지키며
흙 한 점 없는 틈바구니에 파란 소나무를 키우며
천둥소리에 몸이 갈라지기도 했다며 말하고 있다.

옛 사람 내가 보지 못했어도
그 사람 보고 당부한 말을
오늘 내게 알려주고 있다.

저녁 노을
이 바위에 곱게 물들면
흘러가던 흰 구름 산봉우리에 주저앉는다.

어미 독수리는 새끼를 저 바위 아래 떨어뜨리고
땅에 닿기 전에 잡아 둥지에 올리며
훈련을 시키더라고 말한다.

이유 없는 함성의 포탄이 내 몸을 할퀴고
잠시 머물다 갈 나그네들이 어리석음을 되풀이 하고
그림을 그리고 사진을 찍으며 시를 짓기도 하고
때로는 노래를 부르더란다.

누가 바위를 말이 없다 했는가

유엔군 초전기념비(初戰記念碑) 앞에서

내가 겪었기에 무서웠던 전쟁(戰爭)
아직도 가슴이 두근거린다.

오산(烏山) 죽미령(竹美嶺)에는
참전국(參戰國) 열 여섯 고마운 나라의 국기(國旗)가
유엔기, 태극기(太極旗)와 함께 펄럭이는
유엔군 초전기념비가 있다.

1950년 6월 25일 새벽 삼팔선 넘은 인민군(人民軍)과,
폭력(暴力)에는 폭력으로 우방(友邦)을 지키고
자유를 위해서는 국경(國境)도 민족(民族)도 없다며
바다 건너 멀리서 달려온 국제연합군(國際聯合軍)은
그 해 7월 5일 아침 8시부터 장장 6시간을 싸웠다.

이름도 모르고, 들어도 못 본,
낯선 나의 조국(祖國)을 위하여
이름조차 알 수 없는 이 고개 마루에서
선(善)한 싸움 싸우다 잠든 어린 임들이여!
고이 잠드소서!

그 어여쁜 병사(兵士)들의 고마움을 모르는 자들아

산천초목(山川草木)도 잊지 못하건만
혈맹(血盟)의 우의(友誼)를 어찌 잊는단 말인가.

조국의 젊은이들이여
감사할 줄 아는 자 되어다오.

민둥산 오르며

산나물 많이 나라고 산등성이를 태웠더니
어느 해부터인가 억새밭이 되어
나무 한 그루 없는 민둥산이 되었단다.

가파른 길 오르자면 낙엽송 숲을 지나게 되고
소나무 숲길을 기분 좋게 오르고 보면 억새밭이라.

메마른 땅이나 어디서나 억세게 자라기에
억새라 부른다는 억새가
꽃은 날라가고 뼈만 앙상한 억새가
넓고 둥근 산봉우리를 점령하였구나

사발모양으로 꺼져가는 "발 구덕마을"
유난스레 내려다 보인다.

정상에는 아주 넓은 마루를 두곳이나 깔아
편히 둘러앉아 먹고 마시니

아주 오랜만에
사람 살아가는 맛을 본다.

간간이 들려오는 기적소리는
아직도 정겨운 기억을 되돌려 주는구나

연약한 영육을 억세게 하사
황량한 광야길 굳세게 하소서

민둥산

도봉산 천축사

제 3 부
전화 성묘

군인 가는 아들에게

군인(軍人) 가는 것은
마땅히 가야 하기
때문만은 아니다.

귀(貴)한 것, 중(重)한 것,
그리고 고마운 것,
알게 되리라.

멀고 먼 전방(前方)에서
나의 도움이 어디서 오나
알게 되리라.

상관(上官)들의
보살펴 주심 속에
부모님을 생각하리라

끝내는
보다 가까이, 보다 자세히, 보살펴 주시는
주님의 손길을 느끼리라.

깊은 밤이나, 고단한 대낮에도

샛별처럼 반짝이는
희망(希望)의 빛을 보리라.

아쉬움이, 그리움이
그리고 보고 싶음이
그 무엇인가를 알게 되리라.

산 속 깊은 숲에 눈 내리면
내 마음에 하얀 눈이 소복이 쌓이는
흐뭇한 기쁨을 느끼리라.

꽃 피는 산 속 냇가에서
눈보라 찬 서리 이겨낸
승리(勝利)의 기쁨도 느끼리라.

단풍(丹楓) 드는 가을빛에
여물어 가는
내 영혼(靈魂)을 느끼리라.

그러다 보면,
주어진 군인생활(軍人生活)이 다 지나고

놀랄 만큼 연단(練鍛)된 몸과 마음

어엿이
부모님 앞에
보이고 싶어지리라.

군인을 가는 것은
가야 하기
때문만은 아니리라.

증조부모님

이곳 새 침소에
고이 잠드소서

동트면 일하시고
저물면 쉬시며

부모에겐 자식다운 자식으로
자식에겐 부모다운 어버이로

곱고 아름답게
살다 가신 길

그 길을 벗어나지 않으려
고개 숙여 다짐하오니

임이여!
편안히 주무소서.

*증조부(曾祖父) : 여산(礪山) 송씨(宋氏) 21세(世)
송시준(宋時濬, 1817~1908)
증조모(曾祖母) : 광산(光山) 김씨(金氏, 1816~1834)

그냥 흘러만 가지 않았네
―결혼 37돌에

돌아보면 쌓이지 않았고
바라보아도 아니 보이는 나날

내 갈빗대 찾은 뜨거웠던 그 날은
강남에서 제비가 돌아온 날

그 해로부터
서른 일곱 번 제비가 돌아 왔다.

구름 속 달 가듯이
그냥 흘러만 가지 않았네

그 때에는 몰랐으나
지금은 알 듯하네

그렇게 애를 태우시며
지켜보시고 계신
성령님의 곱고 따스한 손길

향기로운 임의 입김에
벌 나비 되어 따르리라.

가는 길 아니 보이고
나의 할 일을 몰라도

나는 아내의 손을 잡고
소리없이 임을 따라가리라.

설날

"까치까치 설날은 어저께고요
우리우리 설날은 오늘이래요"

왜 설날이냐고 여쭈어보니
할머니는 나이 먹는 것이 서러워
설이란다 하셨다.

6학년 7반이 되어 생각하니
할머니 말씀이 정답이었다.

지나가는 한 해가 너무 서러워
정성을 다하지 못한 채 한 해를 보내어

나이 값도 못하고 나이 먹는 것
마땅히 할 바를 하지 아니 하는 것
그것이 서러워 설이로구나

일제는 총칼로 악랄하게 막더니
해방 후엔 이중과세라며 막더니
언젠가는 민속절이라 하구요

무엇 하나 바르게 정함이 없으니
서럽고 서러워 설인가 보다.

꿈에라도 한 번쯤

해마다 이맘때면
나뭇잎은
다시 피어나건만
한 번 가신 어머님은
이십 여년 지나도
아니 오시네

오늘 밤
꿈에라도 한 번쯤 뵙고 싶네

기다리며
내 나이 예순 일곱
겨루기에 지고 실망할 때면
삼세 번에 있단다
힘을 주신 어머님
효도 한 번 못해 보았네

오늘밤
꿈에라도 한 번쯤 뵙고 싶네

나의 어머니
—아내의 시

창조 주 하나님께서
육신의 어머니를
저에게 주셨습니다.

진달래 개나리 곱게 피는 봄이면
다소곳이 미소 지으며
손잡아 이끌어 주시던 어머니

무더운 여름이면
냇가에서 버들피리 만들어 불게 하시며
즐거워 하시던 어머니

곱게 물든 가을이면
단풍 잎을 모으시며
쓸쓸해 하시던 어머니

어머니가 되면 다 그런 줄 알았습니다.

겨울 엄동설한 속에서도
손 녹이며
추위를 이기게 하시던 어머니

기쁘나 슬프나 언제나
다정하게 다가오셔서
착하고 바르게 살라 하시던 어머니

어머니가 되면 다 그런 줄 알았습니다.

나의 어머니는
전란을 겪으시며 굶주림이 있을 때도
나는 됐다시며 입에 넣어주시던 어머니
자식을 귀히 여기시던 어머니는
황금빛 금잔디를 사뿐히 밟으시고
나의 곁을 떠나셨습니다.

어머니가 되면 다 그런 줄 알았습니다.

이젠
어머니께서 못다 피신 사랑의 열매를 주렁주렁 맺으며
어머니의 뒤를 따르렵니다.

어머니!

외박(外泊)

군인간 아들이
외박을 나온다기에
먼 길 달려갔다.

마음에 드는 민박 집 만나
여울 소리에 개구리 합창
고향 꿈길 걸었다.

하얀 모시 옷에 환한 웃음
어버이 오셨기에
잠 깨어 다시 뵈려 애썼다.

사령부(司令部) 정문을 나오는
예닐곱 늠름한 군인(軍人)
그 속에 아들을 찾았다.

준비해 간 음식 앞에
이 모든 것 고마워
눈시울이 뜨거웠다.

전운(戰雲)이 쓸고 간 산 속 마을

귀대(歸隊)하는 뒷모습
장하고 씩씩한 내 아들.

한가위 전날 밤

대청마루 안이 왁자지껄하였다.
부엌에서 송편 익는 향기
마루 안은 웃음 섞인 이야기

이웃집 새 며느리도 들락날락
정성껏 챙겨 주시는 형수님은 곱고
어머님도 흐뭇해 하셨다.

밝은 달은 안마당 가득
사랑방에선 집안 어른들
아버님 말씀을 듣는다.

한가위 전날 밤
집 떠나 살면서 보고 들은 것
재미있게 풀어 놓았다.

누렁이도 대문안 처마 밑에
눈 지긋이 감고
두 귀를 이리 저리 돌린다.

외양간에서는

검은 암소가 함께 걷던 오솔길을
되새김질 한다.

한가윗날

언제부터인가
아버지와 형님이 보이지 않으신다.
아버지와 형님 사이에 끼여
차례를 올리었는데

할아버지와 두 분의 할머니
아버지와 어머니
그리고 큰 형님의 차례가 끝나면

둘러앉아 송편과 햇과일로
정담을 나눈다.

증조 할아버지와 할머니
할아버지와 두 분 할머니
아버지와 어머니
그리고 큰 형님 성묘를 한다.

성묘 길에는
지금 안 계신 분들 이어지고
동네 안에는
어릴 때의 모습이 겹쳐 보인다.

언제부터인가
아버지 어머니 형님들
보이지 아니 하신다.

전화성묘(電話省墓)

한가위 차례(茶禮)를 올리고
할아버지와 두 분 할머니 앞에
조카들과 줄지어 서고 있었다.

전화(電話)를 받으니
"아빠!"
군인(軍人) 간 아들의 전화다.

큰 조카를 바꿔 주었다.

면자(勉字) 항렬(行列)로 가장 어린
네가 못 와 아쉬우나
열심히 복무(服務)하란다.

"제사(祭祀)에 참석(參席)치 않으면
제사를 안 지냄과 같다"
(吾不與祭 如不祭)하신
孔子님!

전화(電話)로
성묘(省墓)에 참여(參與)함은
어떠한가요

제 4 부
취중에 하는 전도

어떻게가 아니고

말씀을 들음은 믿기 위해서다
말씀을 읽음은 더욱 믿기 위해서다.

그러나,
믿어지지 아니하는 것 많다.

어떻게
말씀으로 천치만물 창조하시고
진흙으로 우리들을 지으셨을까
주님은
태어나기도 전에 내 죄를 대속하셨을까

보잘 것 없는 내가 어찌
그 크신 뜻을 알 수 있으랴

그저 어떻게가 아니고
왜 하셨을까를 깨달을 뿐이다.

왜
창조하시고 지으시고 대신 용서하신 것인가

그렇다
하나님의 뜻을 이루기 위하여
창조하시고 지으시고 대속을 하여 주신 것이다.

어떻게가 아니고 왜냐를 깨닫게 하소서

지나간 때로

지나간 때로 족(足)하오니
더 이상 되풀이 말게 하소서

내가 행한 그 모든 것
방탕(放蕩) 우상숭배(偶像崇拜) 뿐

지나간 것은 사라지게 하소서
그림자같이 지나가게 하소서

돌아보면 행한 것 죄뿐
이제는 도말(塗抹)하소서

지나간 더러움이
지나간 것으로 끝이고

이제는
새로운 길 걷게 하소서

(이사야 43:18, 25, 베드로진서 4:3, 요한일서 1:9, 2:15)

하루만이라도(1)

하루만이라도
아니
오늘 하루만이라도
주님 따라가게 하옵소서

한 순간만이라도
아니
이 순간만이라도
다른 길 가게 마옵소서

"너희 마음에서 일어나는 것을
내가 다 아노라" (에스겔 11:5)

그 무엇을 숨기리요
내 모든 생각 죄뿐인 것을

오늘 하루만이라도
아니
이 순간만이라도
주님 따라 걷게 하옵소서

여호와의 유월절(逾越節)

(출애굽기 12장)

먼 옛날 애굽 땅에서
어둠이 깔리는 밤

바로 왕과 그의 백성에게는
슬픔의 밤
죽음의 밤

이스라엘 자손에게는
기쁨의 밤
삶의 밤

주님의 명을 받든 천사가
양의 피가 묻은 집은
그냥 넘어갔고
양의 피가 묻지 아니한 집은
죽음의 곡성을 남겼다.

장대 위에 놋뱀 보기만 하면
십자가 위에 주님을 믿기만 하면
독사의 독이 풀리고

지은 죄 용서함 받는다.

나의 집 문설주에
내 마음 여는 자리에
죄 없으신 주님의 피를 바릅니다.

십자가 바라보며
내 죄를 회개합니다.

어찌 아니 감사하랴

하나님의 발 아래에는
청옥을 편 듯
하늘같이 청명하다네
  (출애굽기 24:10)

하나님의 머리 위에는
궁창이 있고 그 위에 있는 보좌
그 모양이 남 보석 같다네

그 보좌 위에
사람의 모양인
형상이 있다네
  (에스겔서 1:26)

하나님은
하나님의 형상대로
우리를 지으셨다네
  (창세기 1:27)

귀하고 존귀하신
하나님의 형상이

내 모습이요
우리의 모습이라니

어찌 아니 감사하랴
어찌 아니 기뻐하랴

우림과 둠밈

(출애굽기 28장 레위기 8장)

이스라엘 지도자는
우림과 둠밈을
흉패 속에 넣었단다.

우림(Urim)
한 점 부끄러움 없는
밝은 빛

둠밈(Thummim)
영원히 변치 않는
어둠

국가적 중대사를 여호와께 물을 때
누구의 죄인지 모를 때
누구를 뽑을지 모를 때

우림이 집히면 하나님의 승낙
둠밈이 집히면 하나님의 거절

우리는
이리 갈까 저리 갈까 모를 때

이걸 할까 저걸 할까 모를 때

주님께서
하라 하시면 주저 말고 순종하고
하지 마라면 의심 말고 따르리라.

하물며

(마태복음 6장 30절)

내일 아궁이에 던지우는 들풀도
이렇게 입히시거든
하물며 너희일까 보냐

하늘과 땅에 가득한 것들
저렇게 기르시거든
하물며 나일까 보냐

지은 죄 그리 많은 이 몸
"하물며" 만을 믿으며 돌아오니
받아주소서

옷단 귀에 단 옷술

(민 15:38-39, 신22:12, 마23:5)

그것이
이처럼 큰 뜻이 있었던가

색동 저고리, 버선,
옷 모서리에
자귀나무 꽃술과 같이
고운 색실 묶어
달아 주신 옷술

이스라엘 언약의 민족이
이 옷술을 보며
주신 계명을 기억하고 지키어
방종과 욕심을 버리게 하였다네

그 때에는
할머니 어머니의 고운 마음
한껏 내 마음 흐뭇했을 뿐인데

이제는
내 옷에 옷술이 없어도
내 마음에 옷술 간직하고

믿음의 후손에게 주신 언약
잊지 아니 하리라.
말씀을 기억하리라.

도피성(逃避城)

(민 35:12)

마땅히 죽어야 할 죄(罪)
그 죄를 몸소 지었으니
나 고살자(故殺者)로다.

도피성(逃避城) 향(向)하여
달려갑니다.

그 성에 들어가
벌(罰)을 기다리며
눈물로 기다리렵니다.

회개(悔改)함을 들으시고

화성 장대

과실(過失)로 여겨주시면
허락(許諾)하시는 동안 머무르렵니다.

도피성(逃避城)이신 주님
회개(悔改)하오니
내 죄(罪)를 용서(容恕)하여 주시옵소서

하루만이라도(2)

(창세기 1:21)

하루만이라도
오늘 하루만이라도

임을 경외(敬畏)하며
살게 하소서

임을 공경(恭敬)하고
두려워하게 하소서

순간(瞬間)마다
숨쉬는 이 순간만이라도

임을
경외하게 하소서

대부도 일몰

연두색

그림 솜씨 서툴지라도
연두색(軟豆色)을 칠하면
초여름 그림이 되리라.

연약한 사랑이라도
연두색을 품으면
진솔한 사랑이 되리라.

부서진 고향이라도
연두색 마음으로 보면
보리밭 종달새 노래하리라.

갈 길을 몰라 망설일지라도
연두색 주님만 따르면
이르는 곳마다 푸른 신호 되리라.

야곱의 아들 요셉

(창세기 39:23)

야곱의 사랑하는 아내
라헬이 낳은 아들

그는 꿈 꾸는 자라
그는 꿈 품은 자라

죽은 사람 되었으나
다시 살아났고

남의 종이 되었으나
자유를 누렸고

죄인으로 갇혔으나
죄인을 다스렸고

형들이 죽이려 했으나
형들을 살리었고

외로운 사람이었으나
하나님이 함께하셨네

나보다 옳도다

(창세기 38:26)

야곱의 아들 유다는
며느리 다말에게
너는 나보다 옳도다
라고 했다.

비정한 시아버지에게
이스라엘의 피를 받아
지혜로운 며느리 다말은
주님의 조상이 됐다.

너 때문이라 우겨만 온
나의 생각이 부끄러워
이제는
너는 나보다 옳도다
라며 살리라.

감사하며 살리라

큰 기쁨
참기 힘들었다
대나무 숲 속에서 웃으면
잎사귀마다 웃을까 봐
그것마저 참았다.

큰 슬픔
참기 힘들었다.
깊은 산 속에서 울면
산새들 따라 울까 봐
그것마저 참았다.

이제는
큰 슬픔, 큰 기쁨
아니 가리며
감사하며 살리라.

민둥산

대문을 나서니

무더워 잠 못 이룬 긴 밤 속에서
대문을 나서니 스치는 바람 있어
시원하고 상쾌한 새벽이다.

길가 소머리 국밥집
꿈 속에 사람들 가득히 떠들썩하고
공원 잔디에는 술꾼이 쓰러져 잠들었다.

내 영혼아!
지난날 내 모습 이러했지
지난날 내 모습 그러했지

어둡고 우울했던
그 몸집을 열고 나서니
기나긴 밤이 사라지고
동녘 하늘에 샛별 아름답구나.

하나님의 은혜로다.
다 말할 수 없는 은혜로다.
감사하여 눈물 흐르도다.

샛별을 보며

이른 새벽 동녘 하늘에
큰 별 하나 빛난다.

초저녁 서쪽 하늘에 뜨면
개밥바라기라고 하고

새벽 동쪽 하늘에 뜨면
샛별이라 한다.

금성(金星 venus), 혼중성(昏中星), 계명성(啓明星)
이라고도 부른다.

밝고 청아한 모습에는
없어야 할 것이 없다.

어둡고 괴로운 내 마음에
말씀으로 오서 뜨겁다.

광복절(光復節)에

왜인(倭人)의 종살이에서
요모조모로 풀어내어 주신
하나님의 은혜(恩惠)
이제야 감사(感謝)합니다.

어릴 적에는
태극기(太極旗) 들고
만세(萬歲) 세 번 불렀고

자라서는
대문(大門) 밖에
태극기(太極旗) 걸었으며

열강(列强)의 덕분(德分),
원자탄(原子彈)의 덕분,
또는 독립운동가(獨立運動家)의 피와 땀이라고 알았다.

우리는
반(半) 백년(百年)을
방황(彷徨)하고 있다.

죽을 수밖에 없는 죄에서
말씀 믿어 구원(救援) 받았건만
순간(瞬間) 순간 망설인답니다.

외적(外敵)의 침략(侵略)도, 원치 않는 병마(病魔)도 아닌
내 안에 도사린 나 아닌 나로다.
죄 아래서 해방(解放)되게 하소서
내 주여!

내 마음 속에

내 마음 속에
내 알 수 없는 마음이 있으나
내 그것을 어찌할 수 없다.

나 하나인 듯하나
분명 나 아닌, 다른 내가 있으나
내 힘으로는 어찌 할 수 없기에

기도와 간구로 하나님께 아뢰오니
내 마음과 생각을 지켜 주시옵소서
                    (빌립보서 4장 6절 7절)

나 아닌 내가
탐욕의 길로 줄달음쳐
멀리 멀리 떠나가다가

연약한 내 영혼의 탄식 소리 듣고
눈물로 눈물로 돌아옵니다.
내 마음과 생각을 지켜 주시옵소서

찬송은 나의 기도요

찬송은 나의 기도요
찬송은 나의 눈물이다.

찬송할 때
나 아닌 내가 떠나가고

찬송할 때
내 모든 탐욕 사라진다.

찬송 속에 내 소망 있고
찬송 속에 내 기쁨 있다.

찬송은 나의 기도요
찬송은 나의 눈물이다.

종일 손을 펴서

(이사야서 65장 2절, 로마서 10장 21절)

종일 손을 펴서
불손한 길을 걷는 나를
거슬려 말을 하는 나를
주님은 부르고 계시네
팔 벌려 기다리고 계시네

걷잡을 수 없이 되풀이 하고
돌아섰다간 달려가고
그러는 나를
주님은 부르고 계시네
팔 벌려 기다리고 계시네

귀는 열려 있건만 듣지 아니 하고
손발이 성하건만 행치 아니 하는
그러는 나를
주님은 부르고 계시네
팔 벌려 기다리고 계시네

취중에 하는 전도

"기사님!
주님 모셔야 합니다.
꼭 주님을 모셔야 합니다."

며칠 전 향우회 회원과 같이
단양을 둘러 보고
충주호에서 유람선을 타고

곱게 물든 산과 맑고 높은 하늘을 보며
마음은 청흥(淸興)에, 몸은 주흥(酒興)에 취하여
하루를 보낸 일이 있다.

단양 옥순봉

회원들과 헤어져 집에 오는 택시 안에서
기억도 못하는 내가 했다는 말을
아내로부터 듣고 놀랐다.

맨 정신으로는
한 사람에게도 못한 말을
취중(醉中)에 하다니.

아내는
웃을 수도
말릴 수도 없었단다.

송홍만 제8시집

구름이 가는 건가

·

지은이 / 송홍만
펴낸이 / 김재엽
펴낸곳 / 한누리미디어

·

100-845, 서울시 중구 을지로 2가 148-73
신화빌딩 401호
전화 / (02)2278-4513, 2268-4514
Fax / (02)2268-4524

·

등록 / 제16-467호(1993. 11. 4)

·

초판발행일 / 2004년 12월 15일

·

ⓒ 2004 송홍만 Printed in KOREA

·

값 6,000원

·

E-mail/hannury2003@hanmail.net

※잘못된 책은 바꿔드립니다.
※저자와의 협약으로 인지는 생략합니다.

·

ISBN 89-7969-257-9 03810